Les animaux de Lou

Nage, Petit Phoque !

Des romans à lire à deux,
pour les premiers pas en lecture !

La collection Premières Lectures accompagne les enfants qui apprennent à lire. Chaque roman peut être lu à deux voix : l'enfant lit les bulles et un lecteur confirmé lit le reste de l'histoire.

Cette collection a trois niveaux :

JE DÉCHIFFRE les bulles peuvent être lues par l'enfant qui débute en lecture.

JE COMMENCE À LIRE les bulles peuvent être lues par l'enfant qui sait lire les mots simples.

JE LIS COMME UN GRAND les bulles peuvent être lues par l'enfant qui sait lire tous les mots.

Quand l'enfant sait lire seul, il peut lire les romans en entier, comme un grand !

Un concept original + des histoires simples + des sujets qui passionnent les enfants + des illustrations : des romans parfaits pour débuter en lecture avec plaisir !

Cette histoire a été testée par Francine Euli, enseignante, et des enfants de CP.

L'orthographe rectifiée, qui fait désormais référence dans les programmes scolaires, est appliquée dans cet ouvrage.

© 2014 Éditions NATHAN, SEJER, 25 avenue Pierre-de-Courbertin, 75013 Paris
Loi n° 49-956 du 16 juillet 1949 sur les publications destinées à la jeunesse, modifiée par la loi n° 2011-525 du 17 mai 2011.
ISBN : 978-2-09-254333-7

Texte de Mymi Doinet
Illustré par Mélanie Allag

Vive le voyage de classe en Bretagne ! Ce matin, Lou et tous les élèves ont mis leurs gants pour faire le ménage au bord de la plage.

Les CP ont déjà ramassé un pneu, une basket et des bouteilles en plastique.

Près du phare, Lou voit un bateau long comme 20 baleines. Catastrophe ! Sa coque est fendue et du pétrole coule dans les vagues.

À bord, le capitaine Mazout
ne fait rien pour arrêter la fuite.
Lou et les CP sont en colère.

C'est nul !

Le bateau tout rouillé file en polluant
la mer si bleue, si belle.
Soudain, un petit phoque crie au milieu
de la marée noire.

Heureusement, Lou a un super pouvoir !
Elle comprend les animaux : le pétrole
colle sur la peau du jeune phoque,
il ne peut plus bouger ses nageoires.

Je coule !

Le petit phoque va se noyer!

Pour le sauver, Lou veut plonger
avec Tony et Tao, les costauds du CP.
Mais la maitresse n'est pas d'accord :
c'est dangereux de nager dans la mer
gluante !

Il faut appeler les pompiers !
Mademoiselle Cartable tape le 18
sur son portable.

Couvert de pétrole, le phoque peut à peine respirer. Il arrive à bout de souffle sur la plage.

Avant de déjeuner, la classe file prendre des nouvelles du jeune phoque. Sacha, le soigneur, le nettoie avec une brosse et du liquide vaisselle. La mousse lui fait une drôle de barbe !

Clic, clac ! Les élèves font des photos.

Mais Petit Phoque n'a pas envie de rire…

Il ne veut même pas gouter
à son seau rempli de sardines !
Lou lui tend un biberon.

Bois, c'est bon !

Elle fait gouter à Petit Phoque du lait tout rose aux crevettes.

Mais Petit Phoque en vide à peine la moitié.

L'après-midi, que de monde au bord de la mer ! Les habitants et les gendarmes nettoient le sable avec des pelles.

La maitresse et les CP, eux, sauvent des petits crabes de la marée noire. Plouf! Ils les plongent dans un seau rempli d'eau.

Le lendemain, Lou et ses amis vont voir si Petit Phoque a bien dormi. Il boude encore.

Bientôt, les pompiers apportent une femelle phoque. La pauvre ! Son dos dégouline de pétrole. Dès qu'il la voit, Petit Phoque n'est plus triste :

Lou comprend tout : c'est son amoureuse !
Aidés de Sacha, Lou et les CP brossent doucement Marina.

Une fois nettoyée, elle rejoint
Petit Phoque dans le bassin. Mais bing !
Ils se cognent.

Les phoques ne sont plus malades.
Quelques jours plus tard, les pompiers
les ramènent dans la mer. Leur canot
flotte avec Petit Phoque et Marina
à bord.

Les deux phoques hésitent à plonger. Pourtant, plus de pétrole. De belles vagues bleues bercent les mouettes !

Brusquement, un moteur pétarade près du port… C'est le bateau du capitaine Mazout.

Il a livré le pétrole, mais il n'a pas fait réparer son bateau.

Manque de chance pour lui, les gendarmes l'attendaient. Clap! Ils lui passent les menottes. C'est interdit de polluer!

Les CP sont épatés : Lou comprend les animaux, même quand ils dorment !

Lou te dit tout sur le phoque gris

Ce mammifère marin nage un peu partout
On trouve des phoques dans les mers polaires glaciales et dans les mers chaudes aussi. En France, on trouve des phoques gris des côtes de la Bretagne à celles du Nord-Pas-de-Calais. On peut les voir se reposer sur les rochers à l'abri des vagues et du vent.

Un bébé blanc
Quand il nait, le petit phoque a un pelage tout blanc. Voilà pourquoi il porte le nom de «blanchon». Deux semaines après sa naissance, c'est la mue : ses poils tombent pour laisser place à une peau tachetée de gris.

Bien équipé pour nager
La peau du phoque est imperméable : l'eau coule dessus comme sur du caoutchouc. Et dans les flots, il garde ses narines fermées. Ainsi, ce champion de plongée peut rester plus de 10 minutes sous l'eau sans remonter à la surface pour respirer.

Un pataud qui a du mal à marcher
Difficile pour le phoque de se déplacer sur la plage. Ses nageoires avant sont trop courtes pour qu'il puisse prendre appui dessus. S'il veut avancer, il est obligé de ramper sur son ventre comme une grosse chenille.

Bravo ! Tu as lu un livre en entier !
Tu as aimé cette histoire ?
Retrouve Lou dans d'autres aventures !

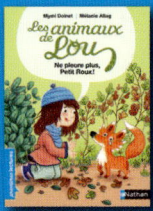 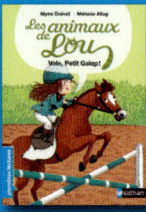   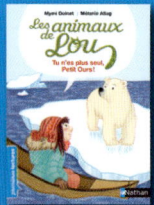

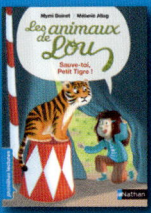 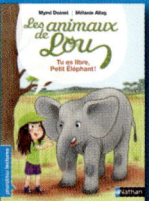  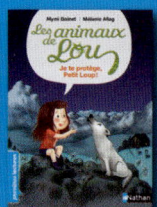 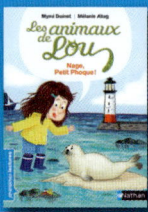

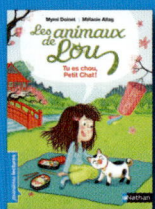  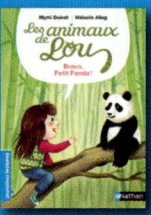 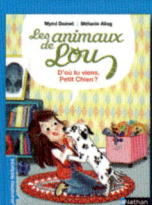

premières lectures

N° éditeur : 10231854 – Dépôt légal : janvier 2014
Achevé d'imprimer en décembre 2016 par Pollina - L78943
(85400 Luçon, Vendée, France)